AF375514

Klaus Mühlen

Wirr-Warr
Soll und Haben
am Abgrund

Eine Novelle

Herstellung und Verlag: BoD – Books on
Demand, Norderstedt
ISBN: 9783759736864

Stühlerücken
in einer Zeitenwende

hinzu
zur Bahngeschichte
„Stuttgart 21"
1980

Der Protagonist steht in einem Konflikt,
zwischen Chaos und Ordnung.
Erzählt wird aus einem Zufall heraus,
in den der Protagonist geriet.
Ein Ereignis im Zusammenspiel von strukturellen
Veränderungen.

Die Lösung aus einem Idealplan gestellt, schulbuchmäßig in ein Interesse, in denen bereits Aufgaben nicht mehr funktionieren. Der Mensch drängt und gebärdet sich, alles zu beherrschen, doch bereits, unterscheidet er sich nicht mehr, in einem magischen Drang auf der untersten Stufe, dass alle Mühen zu spät sind.

**Asperg Taschenbuch
Juni 2024**

Lektorat Wolfgang Mönikes
Cover-Bild Christel Tjoa

Einheitsaufnahme:
Ein Titeldatensatz für diese Publikation
ist bei der Deutschen Nationalbibliothek erhältlich

Pflichtexemplar: Württ. Landesbibliothek, Stuttgart
Vorlage beim Deutschen Literaturarchiv Marbach

KWkmuellener@t-online.de
Klaus Mühlen

Er, in Gedanken zurück ..... Der dem Wahrheitsgehalt stets ferngeblieben war, sah sich, wo auch immer, am falschen Platz. Nicht im Müßiggang, sondern „blauäugig" an Worte und Versprechungen glaubend. Im Fahrwasser einer sich immer schneller entwickelnden Welt, mit Ansprüchen und „es wird schon" gespickt. Menschenfängern aufgesessen!

Nicht jeder Wechsel entsprach seinem Wunschgedanken. Ihn ließ man mangels seiner Erfahrungen, Menschenkenntnisse suchend über die Reste auf dem Spargelfeld gehen, geblendet, den Misthaufen nicht erkannt zu haben. Über den er wie stets stolperte. Es war seine Zeit.

Dass es Algorithmen geben soll, entzog sich damals auch seiner Kenntnis. Zu spät! Das Schicksal nahm seinen Lauf. Gewarnt? Dann ja! Für ihn hätte daraus eine Vorgehensweise seines vor ihm liegenden Problems umgewandelt in einen Lösungsplan zur Gebrauchsanweisung werden können: Zeitersparnis! Doch dem Lug und Trug war er aufgesessen. Lebenserfahrungen nahm er mit! Ins Heute!

Es blieb für ihn der Mangel von allem, etwas davon zurück: Entscheidungen treffen zu können, aus einer noch zotteligen Umgebung heraus: Man schrieb das Jahr 1980.

Noch nicht lange her? Doch diese Zeiten waren anders gestrickt. Noch nicht mit Apps als auch WhatsApp, womit wechselseitig die Menschen kommunizierten. Mit der Hand am Ohr! Tippende Finger! Das Handy! Vor dem 1973, als das erste Mobiltelefon kreiert und 1983 weiterentwickelt wurde, die „Mutter" aller Mobilfunktelefone. Man glaube es kaum, für noch einen Preis damals, der fast unerschwinglich bei 4.000 $ lag.

Computer folgten rasant, noch kläglich in Tischgröße auch, aber hinein in eine nicht mehr aufzuhaltende Erfolgsgeschichte. Kurz genannt: „Digitalisierung pur". Immer mehr Firmen stellten von einer externen Verarbeitung von Daten außer Haus auf eben eine Art dieser Tischrechner um. Noch unbekannte Wesen für viele diese Dinger und doch unaufhaltsam. Bis ins Heute ist der PC undenkbar geworden, manuelle Übermittlung von Mitteilungen per Schreibmaschinen verdrängt. Mit allen Ressourcen, Stärken und Kraftquellen dem Menschen untergeordnet! Überholt, schon wieder, bereits, kurz erwähnt, KI gestärkt, voran am Durchbruch.

Damit hatte er nicht gerechnet: Hineingezogen in einen chaotischen Zustand sollte nun sein Los sein. Doch er befand sich mittendrin. Einem kaufmännischen Desaster ausgeliefert. Was gab es da noch zu verhindern? Wer auch immer unter dem Dach dieser Firma arbeitete, konnte sich kaum, im Wenn und Aber stets strauchelnd, jeglicher Verantwortung entziehen. In einer platonischen Philosophie hinein geraten war er, dem eines gerupften Federviehs ähnlich. Was kommt auf mich zu? - Er, der in dem Moment lieber einen Scherbenhaufen zusammengefegt hätte.

Untergeben dem über alles gebietende Geschäftsführer; trat in Erscheinung, als sei er ein über alles stehender Genie.

Können und Wissen wurden unter die Dielen gefegt, bevor ein Wort gesagt wurde, wenn sie vorgewarnt nicht zutreffend seinem Konsens entsprechen könnten. Launenhaft! Dieser Mensch ist klein an Wuchs, geschätzt 160cm groß. Seine Kleidung, harmonisch angepasst seiner Position, stets mit Krawatte und weißem Hemd, ein Langarmhemd. Die Ärmel nicht hochgekrempelt. Hose und Jackett stets in Dunkelblau gehalten. Wobei letzteres leger über eine Stuhllehne tagsüber hing und in seltenen Fällen getragen wurde.

Jahrgang? - Auf die 70 zugehend. Mit vollem Haarwuchs, grau meliert. Unerkennbar, ob sie getönt oder gar gefärbt waren. Die Stirn immer in Falten gelegt über dichte Augenbrauen, unter denen, bedeckt mit einer schwarz umrandeten Brille, wasserblaue Augenpaare nervös auf jeden Partner gerichtet waren. Ohne Zweifel aufkommen zu lassen, schauten sie entschlossen.

Einem Stumpen gleich die Nase, nicht nach vorne gewölbt, eher abgerundet. Anliegende Ohren, keineswegs als Zeichen der Angst auszulegen, gerade im Gegenteil in Drehung des Kopfes richtungsweisend, harmonisch aufeinander abgestimmt. Ein schmaler Mund oberhalb eines kleinen Kinns in einem runden blassen Gesicht. Auf Fremde wirkend, als habe man einen kränklichen

Mensch vor sich.

Er sah sich dem gegenüber ausgeliefert. Das Bewerbungsgespräch verlief kurz und prägnant. Als Stellensucher ist er, der nach langer Krankheit mangels einer Beschäftigung in Depressionen verfallen war, dankbar, dass er diese Stelle als Leiter des Rechnungswesens ihm zugeteilt wurde. Wie so oft im Leben merkt man meistens erst hinterher, auf was man sich eingelassen hat.

Einen handwerklichen Beruf hatte er nicht, aber dafür sich im Bereich Rechnungswesen alles angeeignet, was bilanztechnisch und steuerlich möglich.

Sich weiterzubildend durch Schulungen. Mit Seminaren hielt er sich auf dem Laufenden. Zur Eigenständigkeit hin, wenn es ihm auch schwierig fiel.

Geblendet im Gespräch mit dem Geschäftsführer, klomm in ihm die Begeisterung, einer Abteilung in Eigenverantwortung selbständig vorzustehen.

Vom Ehrgeiz getrieben. Er sah schließlich den Zeitpunkt

gekommen, all das, was sein Wissen in „Ich kann" zu beweisen. Er gerade mal 40 geworden. Ein Alter, wo der Schwabe sagt: „Jetzt bist du gescheit."

Doch überzeugt, was tun müsse er. Von vielem erfuhr er es hinterher: Die Machart, wie eine Firma nicht zu führen sei, sondern dirigiert nach eigenem Empfinden von oben herab, sei an der Tagesordnung. Zu spät!

Doch was tun? Einen mit Unterschrift vollzogenen fragilen Arbeitsvertrag anfechten? Es ließ es zu! War es dann eben ein Versuch.

„Es wird sich finden!"

Murmelte er vor sich hin. Doch zielsicher es ihm doch schien.

Was ihn in eine Kriminalstory voller wirtschaftlichen Tücken trieb. Er sollte, musste durch seinen Stellenwert und Vergütung, ab da die Triebfeder sein: Mitzuhelfen, Betrug zu legalisieren aus dem Versagen des Ichs des der Firma Vorstehenden, der diese Firma wie ein Monarchen führte, mitzutragen.

Er hatte sich auf Arbeitssuche gemacht, um endlich ein unabhängiges Beginnen anzufangen. Eine Ebene, wie aus dem Stellenangebot hervorging. Diese Person zu sein, die das Rechnungswesen eines alteingesessen Unternehmens leiten und auf den Pfad in die Neuzeit führen solle. Eine Aufgabe: erster Klasse ihm versprochen.

Dieser Geschäftsführer saß zurückgelehnt auf dem Stuhl. Fragen zu den Bewerbungsunterlagen auf Abstand beantwortend.

Sportlich hatte er sich selbst gekleidet, in einer dunklen Jeans, dazu ein in leicht Grün gehaltenes Hemd. An den Füßen ein passender Freizeitschuh. Alles abgestimmt auf seine schlanke Figur. Dass er wortgewandt sei, verneinte er stets. Vergaß dadurch viele Fragen, die er sich auf dem Weg hierher zurechtgelegt hatte. Im Gedächtnis sicher, jedoch in dem Moment nicht abrufbar.

Vor ihm dieser der Geschäftsführer, selbstsicher. Ihm sei er direkt unterstellt und nur ihm sei er zur Rechenschaften verpflichtet. Redegewand dieser. Es prasselten die zu übernehmenden Aufgaben auf ihn ein. In überzeugender Darstellung war diese Person von sich überzeugt.

Er erkannte eine autoritäre Person, die es immer wieder betonte, dass er den Laden mit straffer Hand führt. Es sei alles derzeit angepasst organisiert, was überhaupt logistisch ablaufen dürfte, um im Auftrag angenommene Güter sicher auf die Straße zu bringen.

„Diese Person genügte sich selbst."

Aus den Augen funkelte Entschlossenheit.

Als Bewerber angepasst, zog auch er die Stirn in Falten. Der Kopf von einer kurz geschnitten Haarkrause umgeben. Nach oben hin die Fläche schon ein wenig kahl, doch bedeckt mit ein paar Strähnen, unter denen die fleischfarbene Haut hervorschimmerte. Die Stirn schmal nach vorne drängend, was im Ausdruck geistiger Klarheit gedeutet werden könnte. Er wolle eine kreative Persönlichkeit sein?

Mit blonden Augenbrauen über dem braunen Augenpaar. Zu den Backenknochen schmal die Lippen, leicht gewölbt. Die Ohren unauffällig, schon fast zu klein für das längst geformte Gesicht.

„Ausnahmsweise habe ich mich rasiert", dachte er für sich. Auf einen starken Gesichtshaarwuchs deuteten die dunkelgrau hervor leuchtende Stoppeln hin.

Sie saßen sich friedfertig gegenüber. Der tiefe Eichenschreibtisch trennte beide voneinander. Der Geschäftsführer selbstgefällig, zurückgelegt. Der Oberkörper in einen Ledersessel mit Ellbogen- und Nackenstützen.

Während des Gesprächs faltete dieser immer wieder die Hände, als sei er bereits dem Glauben nahe, dass er den vor ihm Sitzenden überzeugt hätte, die Arbeit in der Firma aufzunehmen. Er möge doch endlich „Ja" sagen, zum Schluss von ihm auch erbeten. Überzeugt, dass dieser vor ihm Sitzende die vorgesehene Aufgaben, die in einer lang vorbereiteten Legende nochmals aufgeführt wurde, verantwortungsvoll tragen könnte. Dass nur er dafür infrage käme! Fragen und Antworten waren in Übereinstimmung geklärt. Nachdem keine weiteren Fragen gestellt wurden, stand der Geschäftsführer auf, reichte dem Bewerber die Hand, womit erst einmal die Zusammenarbeit besiegelt war. In Schriftform würde noch alles bestätigt werden. Damit ging man auseinander.

Weiter Fragen ließ er aus. Bewusst? „Es wird sich zeigen“, er für sich mal überzeugt.

Raum und Arbeitsplatz kamen nicht zur Sprache. „Da drüben, in dem großen Gebäude zur Bahnlinie hin!“ Dies war die Antwort auf einer seiner Fragen. Zugehörig zum Betriebsgelände, alles erkennbar, gut und übersichtlich. Dass jemand wohl lügen könnte, das konnte er sich nicht vorstellen und sah im guten Glauben geradewegs einer verantwortungsvollen Zusammenarbeit entgegen. Jetzt, wo ein neues Wegziel vor ihm lag, schien es ihm, dass er einer neuen Ebene beruflich entgegenging. Er wolle nicht die Eindrücke korrigieren oder ergänzen, wenn es auch gewisse Zweifel in ihm gab. Er freute sich auf die Momente, mit den anderen Menschen, mit denen er zusammentreffen würde. Er   verharrte darin. Denn schließlich musste doch für ihn die Chance das sein, für ihn der Zeitpunkt gekommen, an dem er sich endlich beweisen wolle. Oder? „Nichts anderes."

„Eins mit sich werden", zu sich gesagt: Was hinter ihm lag ,abschließen. Diese Wanderung über mit Zahlen gespickten Formularen und nach Paragrafen ausgelegte Sachverhalte. Vergessen in Höflichkeit dargestellt und berechnet. Das, was erlogen, habe er zur Veranlagung weiter gereicht und in einem Beschluss widersinnig be-stätigt bekommen.

Dem Staat unterworfen, er der, von dem die Steuern zahlbar wurden. Abgekommen vom Weg wäre er, einfach zu viel Verständnis hätte er gezeigt. So was wolle er nicht mehr vertreten.

Und das mit allen Mitteln, über Bilanztransaktionen zu-

gunsten eines Gewinns für die Banken nachzuweisen.
Das geändert aus einem Minus heraus, keine Steuer
anfallen sollten. Retten von dem, was noch übrig.
Aus Größenwahn im Lebensrausch geopferte Tradition,
er sich nicht der Verantwortung entziehen konnte: Den
Mitarbeitern gegenüber im Vertrauen?
War schon zerbrochen! Zu kitten er angetreten.
Letztlich doch Insolvenz. Konkurs in Wartestellung? Auf
der Suche nach einem Investor? Dem wollte er sich
eigentlich nicht hingeben. Dafür wäre, so seine
Meinung, ihm nicht alles erklärt worden. Zusammen-
hänge waren ihm fremd geblieben. Dem Scharfrichter,
der Prüfung wolle er entgehen. Nicht dem über alles
schwebenden Fallbeil ausgeliefert zu sein. „Nicht
anderes.“
„In einen neuen Anfang eintauchen“, argumentierte er.
In der Erkenntnisse, nach dem jeder lebt: Geld verdienen
und dem Leben seine Attribute geben. Er ging an diesem
Tag, überzeugt, die richtige Entscheidung getroffen zu

haben, unbedacht doch ruhigen Schrittes in den sonnigen Nachmittag hinein. In seinem Beschluss bestätigt, dass er von der Tragödien anderer Menschen nicht angetan sein sollte. Mag sein, wie es kommen sollte. Der Alltag holte ihn erst mal wieder ein. Seine Seufzer bei Gedanken an seine bisherige Stelle wurden geringer. Zuversichtlich brach eine Erwartung aus ihm heraus. Er Strich die Stelle davor aus seinen Gedichten und ging in den Resturlaub hinein, der ihm, wer weiß auch wie, fast euphorisch die Tage genießen ließ. Im. dem September des Jahres 1981. Überzeugt, immer seine Pflicht getan zu haben, wie von ihm erwartet. Er sah an Neujahr zu den Raketen in den Himmel gewandt einen Feuerschein, dass gedeutet, eine Glückssträhne ihm hold.sei. In den Gedanken versunken wolle er noch die letzten Tage des alten Jahres genießen.

Schnell vergingen diese. Unter seinen Füßen trampelte er eine Schneise in den Schnee. Auf den Weg in einen

Anfang beruflicher Anerkennung hinein. Wohl wahr, niemand würde ihn davon abhalten. Er hatte unterschieben! Die frühe Tageszeit war noch im Dunkel gehüllt. Eine Allee, mit kahlen Bäume, in der er hineinlief. Dieser Januar mit Kälte. Schattenhaft standen die entlaubten Bäume links und rechts Spalier. Er hätte mit der Tram fahren können. Fünf Minuten wären es gewesen, nun die Gehzeit eine Viertelstunde. Ein Spaziergang, den wolle er sich jeden Tag gönnen.

Zum Antrittsdiner hatte man ihn nicht geladen. Ein kurzer und „schmerzloser" Empfang war es.

„Nun machen Sie mal."

Es war ein Montag, an dem die meisten noch etwas mürrisch aus der Wäsche blickten.

„Willkommen" unterdrückt, keineswegs ein „Hurra".

„Der Leiter der Logistik wird sie zu ihrem Arbeitsplatz bringen und sie den Mitarbeitern vorstellen." Ein kühler Empfang zum Arbeitsbeginn traf ihn.

Als er den Weg hinausging aus dem Verwaltungsge-
bäude, stutzte er. Zum Nebengebäude führte der Weg.
Leerstehend dieses, wie er es in seiner Betrachtung
feststellen musste. Sein Gedanken: „Wohin führt der
Weg? Mein Weg?" Offen zu fragen, unterließ er es.
Heute weiß er es, er hätte es tun sollen.

Im ersten Moment wollte er auch was sagen.
Nachdenklich blickte er um sich.

Ein altes Gebäude, eines, das dem Anschein nach noch
aus der Jahrtausendwende stand. Hinauf in den zweiten
Stock, so wurde er gebeten, mitzukommen.

Die Tür war, wie auch die Eingangstür unten, nicht
verschlossen.

„Kommen sie nur rein, dieser Stock wird künftig ihr
„Reich" sein. Natürlich mit den Mitarbeitern!"

Nach ihrem Aussehen hatte diese Tür schon viel über
sich ergehen lassen müssen. Zerkratzt! Das wäre noch
gelinde ausgedrückt. Als sei sie in der Regel stets von -

mit Fußtritten attackiert worden, sich zu öffnen.

Sie standen nun in einem Raum, im Ausmaß der Hälfte der Grundfläche des Gebäudes. Erschrocken angestarrt von vier Augenpaaren, die müde und erschrocken auf sie schauten. Wo sind die anderen Mitarbeiter, fragte er in sich hinein.

Zwei Plätze noch unbesetzt, jedoch erweckten sie den Anschein, dass ihre Besitzer sie schon vor längerer Zeit verlassen hatten. Vom Vortag? Kontoauszüge, Listen mit handschriftlichen Vermerken, durchbrochen mit gekritzelten Ornamenten, lagen durcheinander, jeder Ordnung entbehrend. Überquellende Papierkörbe mit zerrissenen EDV-Leisten gefüllt. Er fuhr sich durch die Haare. Zum Haare raufen war ihm.

Weitere Räume schlossen über den Flur an, auch von Mitarbeitern besetzt, bis auf einen Platz. Sosehr er sich bemühte, sich die Namen bei der Vorstellung einzuprägen, es gelang ihm nicht. Nur das, dass um diese Zeit noch nicht alle Mitarbeiter anwesend waren.

Herr Mutschie, sein Begleiter, fragt: „Was ist mit Herrn Vöhrer?“

Der Arbeitsplatz war dem Anschein nach auch schon länger nicht mehr benutzt.

„Na ja, dann müssen wir wohl mal wieder mit ihm reden. Jetzt haben wir elf Uhr, so geht es nicht.“

Abgewandt: Sicherlich hat er wieder eigenmächtig den Arbeitsbeginn weit hinaus in den Tag geschoben und könnte somit auch in den Abendstunden allein im Gebäude sein.“

Für ihn als Neuling schon mal ein Unding, dass ein Mitarbeiter nach seinem Gutdünken die Arbeitszeit sich, wie auch einrichtet.

„Er bleibt dann aber auch“, erläuterte Herr Mutschie. Womit er sicherlich meinte: Abends dafür länger.

Insgesamt 10 Mitarbeiter seien es, hatte man ihm gesagt. Davon drei männliche und mit ihm nun vier. Eine betagte Dame saß am äußersten Eck des Zimmers, an einem Schreibtisch von allen entrückt. Herr Mutschie führte ihn an sie vorbei. Kein „Guten Morgen" sagend. Er wurde ihr nicht vorgestellt. Er stutzte zum wiederholten Male, fragte aber nicht nach. Ein Gruß der Höflichkeit wäre doch angebracht gewesen! Seine Meinung, doch dazu hielt er sich zurück.

Andere grüßte Herr Mutschie, so schien es ihm, über das „Guten Morgen" hinaus mit ein paar Worten, von denen manche nur mit dem Kopf nickten. Sosehr er es sich erhofft hatte, dass die Begrüßung per Handschlag erfolgen könnte, hätte er sich am liebsten selbst den Mitarbeitern vorgestellt. Keiner der Mitarbeiter schaute offen drein. Bei Augenkontakt schauten sie weg. Er ließ Arme und Hände am Körper herabfallen, doch am liebsten hätte er mit den Fingernägeln in seinen Handflächen gebohrt. Was hätte es genutzt? Ihm war in dem Moment klar, das könnte ein Unterfangen aus Misstrauen und sachlichen „Schwerter-kreuzen" wer-den.

Weiter ging es. Herr Mutschie wies auf den abgeteilten,

halbhoch mit Glasscheiben umgebenen Raum in dem angrenzenden Nebenzimmer hin.

„Dies ist ihr Raum", sagte er dabei.

Fast ausgefüllt der Raum mit diesem Käfig, bis auf einen Schreibtischplatz davor. Dieser wäre für den öfter anwesenden Steuerberater oder den Steuerprüfer vom Finanzamt, vorgesehen.

Halbhoch mit weißen Platten umschlossen und darüber das Glas, durch eine Tür unterbrochen. Angelehnt, das alles zur Straßenseite hin, mit zwei Fenstern zum Öffnen.

Er nahm kurz Platz, schaute rundum. Rechts draußen im Raum noch eine Tür, die offenstand. Zwei Mitarbeiter saßen dort, der eine schon etwas älter und der jüngere, geschätzt noch nicht einmal über 20. Von seiner Seite geradeaus schaute er in einen langen Gang, in dem Kopierer und Faxgeräte standen. Daneben weiter vorne das Datengerät zur externen Beleg-Erfassung mit dem Arbeitsplatz einer Mitarbeiterin. Sein Begleiter verwies darauf, dass eine Weiterverarbeitung, das Fakturierens, über eine interne Verarbeitung mit einem digitalen eigenen System stattfinden würde.

„Hinzu die Übernahme der extern erfassten Daten?", fragte er nach.

„Auf jeden Fall!", als Antwort zurück.

Nach dem unterließ er es zu fragen. „Na ja, werde ich ja sehen", seine weiteren Gedanken dazu.

Viele Systeme hatte er bereits durchlebt: Vom „Amerikanischen Journal", Blanko-Karten gleich als Konten manuell, dem über einem Journal erfasst. Aber dies hier bewegte ihn nachdenklich.

„Lass es auf dich zukommen", nuschelt er.

„Bitte, was?", von Herrn Mutschie, seinem Begleiter.

„Entschuldigung, meine Gedanken sind schon beim Arbeiten."

Es waren diese ersten Momente, er spürte, wie nicht nur die Ungeduld in ihm drängelte, auch ein wenig Zorn war dabei.

Er hielt seinen Willen zurück, es auszusprechen. Tief atmete er durch, stand vom Stuhl auf und konnte weit bis zur Hauptstraße schauen. Zur Nordseite hin. Sein Begleiter drängte ab da: Er wolle ihm noch mehr zeigen. Mit dem Pkw ging es weiter zu den Außenbereichen.

„Dies hier sei nur die Verwaltung. Das wahre Geschäft läuft außerhalb ab. Dahin fahren wir jetzt."

Über eine halbe Stunde fuhren sie weit übers Land zu verschiedenen Lagerhallen und den Lkw-Standorten der Firma. Er war ein wenig erleichtert, als er das rege Treiben sah.

Dann hatte er doch den richtigen Schritt des Stellenwechsels getan. Beim Be- und Entladen schauten sie kurz zu, wobei sehr viele Fremdfirmen als Subunternehmen dabei waren. Erkennbar an den Aufschriften.

Aus allen Ländern Europas, diese Lkws. Keine Kohlenwagen einst, mit deren Transport man „groß" geworden sei. Als Marktführer heute!

Die letzte Station dann zurück zum Ausgangspunkt. Für

Ihm war die Umgebung in der Nähe des Nordbahnhofs bis dahin vollkommen unbekannt gewesen.

Eine historische Rarität präsentierte seine Begleitung noch abschließend: In all den Wirren des Krieges und der Mobilität eine fast intakte Reihe von Pferdeställen der alteingesessenen Firma. Natürlich betonte er, dass diese heute nicht mehr zum Erhalten wert seien. Auch seitens des Denkmalschutzes bestünden keine Bedenken zum Abriss. Später erfuhr er, dass der Platz zur Erweiterung des Bahnhofs schon notiert war.

„Die Umstrukturierungen in neuzeitliche Transportmöglichkeiten so gesehen?“

„Schade eigentlich“, seine Bemerkung dazu.

Dabei konnte er es noch nicht wissen, dass all das Gelände mal einem anderen Zweck zugeführt werden sollte.

Gemunkelt wurde bereits, es sei mit der Erweiterung des Kopfbahnhofs in einen Durchgangsbahnhof geplant. Viel von dem

vorhandenen und noch bebauten Gelände und mehr würde dann benötigt. Dann mal „Glück heil!"

Der Vormittag war dahin und der Nachmittag mehr als angerissen.

Den Weg zurück zum Arbeitsplatz überließ man ihm in Eigenregie. Unvoreingenommen schaut er sich um, sprach ein paar Worte mit den Mitarbeitern und stellte er vor. Erläuterte, was er bisher getan hatte und wie man es ihm auftrug zu erledigen. In einer gemeinsamen Zusammenarbeit, untereinander. Verschwiegen blieb er darüber, dass er auch den Auftrag hatte, den Personalbestand um die Hälfte zu reduzieren. Das „Wie", wäre seine Sache. Vorausgesetzt natürlich, er würde es überhaupt schaffen, einzelnen Personen überflüssig hinzustellen und deren Arbeiten auf andere Schultern zu verteilen. Wenn es möglich sei. Ihm war durchaus bewusst, dass er sich keine Freunde machen würde. In einer Mischung aus Ernst und leichter Freude, sozialverträglich, wollte er sich dem widmen. So in einen Dunstschleier gehüllt Vertrauen zu schaffen. Gewollt.

Sicherlich möglich! Muss es werden.

Sollte er peitschend durchfahren oder den Wagen gemächlich dahinrollen lassen? Besser wäre es ihm, all das mit schweigendem Lächeln zu tun. Wie Falschgeld?

Das, was erst mal vor ihm lag: Verbesserung des Datenflusses zwischen dem Rechnungswesen und der Geschäftsleitung, Berichterstattung, Überwachung der Debit-Forderungen, Buchungen aus den einzelnen Bereichen der Mitarbeiter nachvollziehbar überprüfen, den Rechnungseingang sachlich und rechnerisch den Vorschriften der Rechnungslegung dem Gesetzgeber entsprechend anpassen.

Für die reine Rechnungserstellung an Kunden waren die Verkaufsabteilungen zuständig, dem zufolge natürlich auch in der Überwachung der Frakturen von den Subunternehmen, mit der zentralen Erfassung unter Mithilfe der internen Digital-Anlage. Die kommunizierte dann wiederum mit der externen Datenverarbeitung und Übergaben an das Rechnungswesen. Eigenwillig gesteuert, durch die Geschäftsleitung eben so gewünscht. Oft schüttelte er den Kopf, wenn willkürliche Veränderungen von oben herab erfolgten. Gewünsscht!

So dann, wenn die monatliche Umsatzsteuer zu entrichten war. Knapp oft bemessen, dem Kreditvolumen bei der Bank gerade mal angepasst. In einem mathematischen Regelwerk gedrückt und stets verwunderlich passte es! Hin gedeichselt, ließ sich dazu sagen. Das, was gesponnen und ihm idealisiert aufgetragen, spulte sich Monat für Monat unveränderbar ab, doch nicht immer nur Freude auf allen Seiten. Besser gesagt, keineswegs nach den Vorstellungen der Verantwortlichen von oben, der Geschäftsleitung.

Ständige Anfragen nach Kontoständen, nach Maßnahmen in vielen Fällen, Forderungen auferlegt, um einzuzutreiben und erforderlichen Druck auf die Kundschaft auszuüben. Dies von den Mitarbeitern nachzuweisen war. Eine Geschäftsleitung, die nur sich nahm, ein-gebuchte Forderungen umgehend, gleich in Mark und

Pfennig auf dem Tisch vor sich zu sehen. Liquidität! Er fragte sich: Was steckt dahinter? Noch war ihm vieles unklar! In trockenen Tüchern sah er hier seine Zukunft noch nicht gepackt.

Zwischenzeitlich fand die Bilanzierung des vergangenen Jahres statt. Ohne Probleme wären die Zahlen, die von seitens des Steuerbüros dokumentiert wurden.

Man hatte sich angepasst, er zu den Mitarbeitern hin und umgekehrt. Wobei er an vielen zu zweifeln begann. Nicht nur, dass er die Mitarbeiter stärker beaufsichtigen hätte sollten, nein auch, dass er der von allen reserviert behandelten älteren Dame direkt mehr auf die Finger schauen sollte. Er solle sich neben sie setzen und bei jeder nur geringsten fehlerhaften Bearbeitung rüffeln., Abmahnungen veranlassen, die zu einer Entlassung hinführen könnten. Nebenbei, von Mitarbeitern abfällig geäusssert, erfuhr er, dass sie langjährig die Leiterin des, dieses Rechnungswesenswesen gewesen sei. Aber mit welchen Argumenten, dass sie nun die untergeordnete

Tätigkeit, diese Bearbeitung von Debitoren-Listen, aufgebürdet bekam, blieb ihm unbekannt. Dem Alter nach geschätzt, müsste sie noch ein paar Jährchen bis zur Rente arbeiten.

In diese Rolle hineingepresst nahm er sie dann doch mehr als im Vergleich zu seiner Mutter wahr. Der er so was nie wünschen würde. Er ist noch jung an Jahren, sollte in seinen Gedanken, denen seiner Mutter angepasst, Fehler suchen, die sie macht oder dem nach wenigstens eine komplizierte Arbeitsweise ihr nachweisen.

Er schämt sich! In diesem Rollenspiel unglücklich. Er hätte es gern anders. Doch unberührt blieb es bei den anderen Mitarbeitern. Gemobbt wurde sie – aus welcher Vergangenheit auch heraus? Totgeschwiegen ihm gegenüber, wie man im Jargon sagt. Aber sie hielt durch; krank wurde sie nie während seiner Dienstzeit. Aber ein Dorn im Auge der Geschäftsleitung noch wie vor, insbesondere dem Geschäftsführer Kiribati. Dem folgte auch die Prokuristin Buckeler. Beide eng verbunden. Oft gemeinsam auf Geschäfts- reisen unterwegs. Warum auch? Er wolle keine Ansprüche an die Wahrheit stellen, die wenn auch überzogen sein könnte.

In Unkenntnis der Vergangenheit. Möge jeder seine Arbeit machen, die ihm zugeteilt, darauf achtete er akribisch. Und auch er gab sich dem hin. Verkannt wurde, wenn er Mitarbeiter auf Möglichkeiten hinwies, mehr rational zu arbeiten.

In dieser Zeitspanne muss hereingefallen sein: dass Verkaufsverhandlungen mit einer Rederei aufgenommen wurden. Später erfuhr er es, doch da war er bereits anderweitig.

Es war das Jahr 1982. Woraus später betrachtet manche Verhaltensmuster seitens der Geschäftsleitung für ihn erklärbar wurden. Ein nachlassendes Transportgeschäft brachte weniger Arbeit auf die Schreibtische. Und komischerweise, in dem Zeitraum gingen mehr Lkw-Ladungen verloren: ausgeräumt des Nachts gesagt, auf

Autobahnraststätten. Alles, von Büchersendungen bis zu Schuhladungen. Mehr und mehr nahm das zu.

Die Haftpflichtansprüche häuften sich. Parallel dann, dass die Frachtführer selbstständig, wenn es ein unabhängiger Subunternehmer war, zahlte, aus welchen Gründen auch und dann noch die eigene Versicherung den versicherten Frachtwert. In einer komischen Konstellation, teils nicht zu überprüfen. Rechnungen wurden auch über Barkasse unterlegt, mit einer Kopie. Er stand in einer ihn nicht widerlegbare Unwissenheit. Für ihn eine unerklärbaren Arbeitsteilung zwischen Verwaltung, Logistik und Verkauf in kaufmännischer Betrachtung. Und doch verantwortlich sicherlich!

Als er Forderungen analysierte, die Jahre zurücklagen und nicht entsprechend bewertet waren. Auch teils nicht Wert berichtigt bilanziert. Selbst überrascht die Unternehmensberatung über solche „plötzlich" vorhandene Posten. Hatte man sie in all den Jahren im Unklaren tapsen lassen?

In Übereinstimmung mit denen korrigierte er diese Forderungen aus dem Normalbestand in einen gesonderten Kontonummernkreis. Noch nicht als uneinbringlich, doch aus einer „Quarantäne" herauszunehmen und klären.

Bedacht dabei, dass diese dem uneinbringlichen Zeitwert nach wert berichtigt werden würden. Auf jeden Fall in eine neue Betrachtung hinein dargestellt.

Mitte des Jahres 1983 sollte über die eigene EDV-Anlage eine Zwischenbilanz erstellt werden. Alles gut und bestens! Doch eine anschließende Verknüpfung zum Beginn Juli des gleichen Jahres schlug fehl. Kompatibel nicht zu den Zahlen Ende Juni möglich. Ein Chaos brach herein. Wenn er auch nicht darin etabliert war, so hielt man ihn dafür verantwortlich. Wobei es letztlich Sache der eigenen EDV gewesen wäre, das zu lösen. Erklärbar keineswegs für ihn! Nun suchte man – ihn in diese Verantwortung hinein zu dirigieren. Wer sucht, der findet und auf jeden Fall einen Schuldigen!

Man raunte über ihn in der Firma ab da. Von Mund zu Mund weitergetragen, gelästert dabei eben auch, und weitergesagt mit andere Nuancen. Fern von den wirklichen Tatsachen ausgetragen. In einer schlüpfrigen gewollten Inszenierung, in denen Fallen aufgestellt und kein Widerspruch akzeptiert wird; ohne den Sachverhalt dargestellt und angepasst ohne Sachverstand. Frech und unverschämt wurde es ihm leichtfertig unterstellt. Oberflächlich.

Aber das sollte erst der Anfang sein. Von ihm viel später erkannt, dass seine Aufgabe eigentlich von vornherein darin bestand: Personalabbau auf Biegen und Brechen!

Weit voraus bestanden damals bereits Planungen, den ursprünglichen Kopfbahnhof durch einen Neubau und Erweiterung zu ersetzen: Das war 1965, das Konzept 2000, das wohl erst auf Ablehnung stieß. Doch im Zuge weiterer Vorplanungen der Bundesbahn zur Schnellfahrstrecke Mannheim – Stuttgart – Ulm kam 1980 hinzu: die Neu- und Ausbaustrecke Plochingen –

Günzburg. Das Land Baden-Württemberg schloss sich dem nun an. Bewusst, dass damit Baugelände neu erschlossen werden muss. In dem Falle der vorhandenen Bebauung mussten Grundstücke frei gestellt sein. Aufkauf und Abriss von Bestandsimmobilien, im Umfeld des Hauptbahnhofs, die ab 1982 bereits in den Besitz des Landes übergingen.

Spekulativ! So war sein Schicksal von Anbeginn: agieren in Unkenntnis? Von oben herab, für diese sozialverträglich auszuführen, den einen oder anderen Mitarbeiter loszuwerden? Er selbst war dann doch ebenso auf der Zielscheibe. Eine Aufgabe zu erfüllen, um danach auch als Opferlamm zur Schlachtbank geführt zu werden.

Mit Verstand sah er alles, was er ab jetzt beginnen würde. In dieser Konstellation herein geraten. Davon blieben Narben ohnehin. Er ließ seine Gedanken schweifen: Man hatte ihn überrumpelt, nun lagen die Geier auf der Lauer, was noch Unvorhergesehenes passieren könnte, vermeidbar erscheinen zu lassen. Das war seine Erkenntnis. Doch was wohl noch im Verborgenen aufquoll und ihn stürzen könnte, weiter ungewiss. Blessuren zur Demontage, in der er als Darsteller zum Vergnügen der Menschen um ihn herum diente? Schauer in ihm, da es die Vorboten nicht wagen durften, kundzutun. In seiner Position war er mundtot, einstürzen zu lassen und stillhalten in geschickt aufgestellten Fallen. Vom Dahin-Wursteln getragen, war scheinbar aus dem Dilemma der Datenübernahme erst mal Ruhe eingetreten. Auch noch nicht ausgegoren, die erneute Zwischenbilanz. Diskutiert, mit dem Steuerberater in Übereinstimmung zu kommen, alle über drei Jahre hinausstehende Forderungen als gesonderte Posten gelistet aufzuführen. Aber doch noch nicht als uneinbringlich bewertet. Selbst all das, der Geschäftsleitung in der Höhe bis dahin nicht einmal bekannt.war. Er ging Schritt für Schritt aufklärend in Versäumnisse der Vorgänger, die über Jahre akzeptiert waren, hinein.

Schlüpfrig gerade jetzt! Unverständlich für ihn.

Fast zwei Jahre vergingen dabei. Ihm entband man von allen Aufgaben, von allen Rechten und Pflichten eines Abteilungsleiters des Rechnungswesens. Das passte genau rein, in die vielen strukturellen Veränderungen, Geländeverkauf und Übernahme durch eine Investor: Kündigung seiner Person.

Herr Mutschie übernahm ab da die kaufmännische Leitung. Ein Tanz auf dem Vulkan. Dies in Unkenntnis vieler Mitarbeiter. Aber eben, wer sucht, der findet!

Noch hatte er von sich keinen nennenswerten Fußabdruck hinterlassen. Viel Unwissenheit. Aus dem, was gewesen; empfand er jetzt als knallhart ihm vor die Füße geworfen. Er war derjenige, dem man die Schuld gab über weit zurückliegende Fehler, Versäumnisse und unkontrollierte Verantwortung. Das traf nun ihn mit voller Wucht. Er hatte nun die Lösung zu finden. Er habe die Schuld. Sie gaben ihm diese, übertrugen das Problem, weil er es zu verantworten habe. Zum jetzigen

Zeitpunkt. Er war gefunden, dem man die Schuld als letztes Glied in der Entwicklung gab. Sie hatten für sich das Problem gelöst. Sie konnten sich aus dem Spiel nehmen. Im Fingerzeig nach vorne deutend.

Für ihn galt es aber nicht. Er, als schuldig hingestellt, und darin bestand nie die Wahlmöglichkeit: Argumentativ Vergangenes von sich zu weisen. Mit herangezogenen Taten der Vergangenheit, die vor seiner Zeit lagen, wurde er überschüttet. Ihm zugedacht, begründet und letztlich für eine Kündigung. Überrumpelt mit fadenscheinige Argumente!

Zum Waschtisch schritten die Verantwortlichen, um sich von allem reinzuwaschen. Einen möglich werdenden Schaden clever von sich zu weisen, im Sinn. Klar gesagt: Geschäftsaufgabe im Rechenschaftsbericht dokumentiert. Für ihn hieß es nun warten. In Geschäftigkeit abgelenkt er. Trotz dem Getuschel um sich herum, ließ er sich von nichts abbringen. Er wolle nicht in den Strudel hineingeraten. Jeder Tag im „Schwindel".

Wie eine Aussteuer in eine Truhe verwahrt, seien sie stets sorgsam und pfleglich mit und in den Aufgaben umgegangen. Das Donnern von Hufen hätten sie nie vernommen. Das einjagen könne. Sie vertrauten nicht den Weissagungen, sondern sie waren überzeugt von sich. Doch mit den Hut bereits aufgesetzt, waren sie zur Flucht bereit.

Er verdammt zum Ausharren noch im Tanz mit einer unbeirrbaren Gewissheit, denen doch sagen zu können, dass sie es endlich begreifen sollten. Ihren Geist nicht nach vorne werfen, sondern endlich Verantwortung zu übernehmen. Aufwachen, dass sie bereits auf einer matschigen Straße, mit Schmutz besudelt, sind. Auf jeden Fall fuhren sie der entgegen. Seine Gedanken? Nur seine, ob er wollte oder nicht, er musste den Kampf aufnehmen.

Für ihn stand nicht nur, sich den ihm mündlich besagten Anschuldigungen, zu entledigen. Mehr seine Zukunft! Auf seine Spur, seine eigene, wollte er erhaben bleiben.

Er hätte andererseits selbst kündigen können.

Warum auch? Überzeugt von sich, am Leierkasten weiter die Kurbel drehen zu können, das ließ ihn nicht los. In Neugierde, einem Ende entgegen, wie ein Roulette, sah er es ab da. Nichts gilt mehr!

Ihm wurde zum Ende des Jahres dann doch noch gekündigt.

In einer vielseitigen Darstellung von Gründen: Von da an degradiert, der Unselbstständigkeit überlassen und alle Verantwortung entzogen, wie allen davor. Von oben herab verordnet, er in Ungnade gefallen. Das war Mitte des 1983-Jahres.

Einem im argumentieren und Rhetoriker gegenüber er. Lapidar, wie so ein Schreiben eben ist. Die Gründe wurden persönlich dargelegt, ohne den Widerspruch erst einmal auszusetzen. Eine Reihe von Vorkommnissen hätte sogar zur fristlosen Kündigung gereicht. Von ihm dann per Dekret des Rechts geklärt: Die angegebenen Gründe seien in der vorgetragenen Form unzureichend.

Außerdem sozial widrig, wie es auch sei. Zwar war die Kündigung ordnungsgemäß zugegangen, aber dennoch ohne Wirkung, nicht in der Form, sei es, das Beschäftigungsverhältnis doch aufgelöst. Eine Arbeitsschutzklage folgte. Eine Güteverhandlung, anberaumt vor dem Arbeitsgericht, kam am Widerspruch nicht zustande. Von der Gegenseite. Diese agierte mit Unwahrheiten, die vom Hörensagen in Anbetracht ihrer eigenen Schwäche dagegen gestellt wurden: „Den werden wir schon los", unsachlich dem Gericht hinter vorgehaltener Hand entgegengeworfen. Doch was traf zu? Ungeklärt.

Wie nach Wasser bohren, drehte sich die Schraube von Unterstellungen, Verleumdungen immer weiter. Eignung und Fähigkeiten wurden infrage gestellt!

Den Borstenviecher gleich, schrubbten sie sich, den Juckreiz loszuwerden. Aus vielen Besonderheiten herauszukommen, sich doch noch ihre verbliebene Zukunft abzusichern. An jedem Ende bröckelte es. Der Stuck mit Rissen an allen Ecken und Enden.

Wie sollen die bereits in einer Bilanz unterlegten Gewinne Fehler aufweisen, wenn Buchungen ordnungsgemäß erfolgt und darin bestätigt wurden? Oder war das Zahlenmaterial willkürlich abgeändert worden, einer Statistik gleich? Abgeleitet? Der Möglichkeiten gab es viele.

Aus einer nicht zentralen Führung heraus gab es nichts, ein Wirr-Warr sondergleichen. Vom Einkauf bis hin zur Dienstleistung hatte jeder Zugriff. In der eigenen Logistik vergaloppiert hatte man sich. Unübersichtlich. Es hätte ein zentral gesteuertes und überwachtes System bedurft. Vorschläge, aus dem bisherigen Chaos zu gelangen, wurden nicht einmal vertagt, von vornherein wieder abgelehnt. Er sah sich in einem persönlichen Affront gegenüber der Geschäftsleitung. Standhaft er dem ihm Gegenüber. Leicht erregbar, zu Wutanfällen neigend, dieser Mensch. Diese hatte schon so mancher über sich ergehen lassen müssen. In seiner unausgeglichenen Wesensart hinein den Mitarbeitern entgegen. So sollen

Schreibtische von ihm, wahrlich mit der Hand wischend, leer gefegt worden sein. Auch Schubläden, herausgerissen, auf dem Boden knallten. Mitarbeiter ignorierten es bereits in Gewohnheit. Verdutzt auf jeden Fall, denn jeder war mal dran.

Es zeigte sich an diesen Vorfällen, dass die Geschäftsleitung nur noch im Zorn reagierte. Dann, wenn es ihnen gegen den Strich ging, wenn Mitarbeiter sich nicht angepasst verhielten. Diese Obrigkeit, der Geschäftsführer Kiribi, sah immer dann ein Versagen im Geschäftsablauf anderen zugeordnet. Entstanden in seinem eigenen Blickwinkel und sich selbst gegenüber unehrlich geworden. Bedürfnisse, die er letztendlich doch noch hatte, den Karren aus Dreck ziehen zu können. Empört bei Widerspruch, in dem er einen Verstoß gegen seine Ansprüche und Erfordernisse sah. Was ziellos und unkontrolliert explodierend geschah. Es waren Vorfälle, die er als Geschäftsleiter wohl schon nicht mehr durchschauen konnte und fehlinterpretierte.

Verfehlungen, die er anderen unterstellen wollte.

Weitgehend müsse er sich dann noch wegen arglistiger Täuschung über seine beruflichen Fähigkeiten verantworten? Alle Register wurden gezogen, um aus einer unkündbaren Situation sich zu mogeln. Ihn loszuwerden, noch bevor, wie gemunkelt wurde, ein Investor sich der Firma bemächtige.

Im Personalschwund kostensenkend davon profitiere. Nicht erwirtschaftete Gewinne, ein Begriff, der sich sowohl im Schreiben von Rechnungen ohne Tatbestand ergeben hatten oder Zahlungen ohne Sachwertuntergrund vielschichtig auftauchten, mal über eine Bank bezahlt und dann per Kopie bar der Kasse entnommen. Mit welchem Hintergrund überhaupt? Erklärungen fehlten. Taschengeldaufbesserungen – Gehalt angepasst – Spesen erstattet? Viele Möglichkeiten könnten es sein. Wohl waren es? Ohne Nachweis.

Umsatzsteuerforderungen aus Rechnungen von Subunternehmer, dem erhebliche Verbindlichkeiten aus

Einfuhrsteuern entgegenstanden, undefinierbar blieben.

Im Wirr-Warr blieben auf mehreren Schultern verteilte Verantwortungen ungeklärt. Nicht der Buchhaltung zugeordnet gewesen. Eben!

Unbewertete Forderungen bis in die Jahre 1977 zurück aus Konkursen und Vergleichen waren nicht dem Zeitwert angepasst. Hinzu noch Forderungen aus dem laufenden Geschäftsjahr in sechsstelliger Höhe. Könnten diese der Umsatzsteuer gleich sein?

Seine Hinweise auf fehlerhafte Fakturierung und Buchungen aus der Verkaufsabteilung verneinte man kategorisch.

Ebenso von Herrn Mutschie, der nun auch in der kaufmännischen Leitung in Aussage, alles von sich wies: „Jede Diskussion nützt nichts mehr, es ist gelaufen. Wenn ich an ihrer Stelle wäre, würde ich natürlich …"

Danach Pause. Fraglich blieb, welchen Rat, der ihm hätte geben können.

Ein Katz und Mausspiel rundum, Verantwortungen von

sich zu weisen an der Tagesordnung geheftet.

Bemerkungen sollen gefallen sein: „Früher haben ihn die Firma als solche – die Leute vergewaltigt – jetzt, vergewaltige er – sie." Er als Geschäftsführer gemeint.

Wahr oder nicht? Kein Beweis – niemand stand dazu. Ab da er mit wenig Arbeiten ausgelastet, allerhöchstens nur gering Altvorgänge zu kommentieren, die undurchsichtig für ihn. Er nütz aber die Zeit, was rechtens ihm schien, um diese Vorlagen aus Konkurse, Vergleiche und ungeklärte Rechtsvorgänge aus den Jahren bis zurück in 1977 durchsichtiger aufzudecken.

Sehr zögernd erhält er dazu Notizen, die unbedeutend, Schreiben ohne Sinninhalte ausgehändigt. Damit war wenig anzufangen. Ihm blieb die Schuld primär an den Füßen hängen.

Aus einem schlechten Geschäftsablauf und häufig auftretenden Finanzierungsschwierigkeiten bis zu einem nun doch nicht erwirtschafteten Gewinn im neuen Geschäftsjahr, wurde er mehr denn je bedrängt. Von

Unterstellungen geprägtes Klima, durchgepeitscht auf hohen Wellen, ein Schiff ohne Ufernähe! Ja! Für den Untergang eines Schiffes ist immer der Kapitän verantwortlich. Wohl dann doch wahr wurde. Männchen zeichnen auf Notizpapier nützt auch nichts mehr. In einer Katastrophe schon. Unkonzentriert zur Flucht!

Er sollte als Lückenbüßer dienen, den letzten Tatsch vor dem Niedergang auf sich nehmen, Entschuldigungen der jahrelang Verantwortliche kaschieren und für diese die heißen Kohlen aus dem Feuer entnehmen. Ihre! In ihren Vorwürfen durch Mitarbeiter gestärkt, die jedoch nicht wissen konnten, dass jeder von ihnen nur verblieb. Aber nicht für später. Als Kugel beim Roulette ins Spiel geworfen. In Willkür hofiert. Noch!

Dem Mammon ihrer eigenen Wünsche, Begierden, die sie hatten, in der Hoffnung nicht dem Untergang folgen zu müssen: In Kündigung des Arbeitsplatzes.

Zu Unwahrheiten gezwungen, behaupteten sie, hinein in Lügen, denen sie sich bewusst, doch verständlich es sei,

ihren Selbstzweck für sich erfüllten: „Statuserhalt"
genannt im Dienste des Arbeitgebers, für sich den Vorteil
in Arbeiten und Geldverdienen sahen. Denn woher
sollten sie es auch wissen, dass ein jeder von ihnen
bereits zum Davonflattern auf der Abflugstange saß und
von oben herab durch Anweisungen des neuen Investors
ihnen ihre bisherigen Existenzen genommen werden
sollten!

Oder? Auch dem Zwang ergeben, sich anzupassen.

Vorteile ausspähen – vielleicht in eine neue Ära hinein.

Unabdingbar weiterhin, seit über 25 Jahren bei der
Firma, sie, die ehemalige Abteilungsleiterin, seit vier
Jahren degradiert auf den Status als Kontoführerin. Seit
Jahren im Kampf mit der Geschäftsführung. In einigen
Gerichtsprozessen, die erfolgreich von ihr geführt
wurden.

Verschiedene Auslandskonten in Bearbeitung musste er
ihr entziehen. Eine Ehrung zum Jubiläum wurde nicht
vorgenommen: Sie sei verantwortlich, für alles, was „da

drüben" – im Bereich der Buchhaltung – in der Vergangenheit passiert sei.

Ihm wurde bereits Mitte des vergangenen Jahres unterbreitet, dass zwei weitere Mitarbeiter entlassen werden müssen. Grund: Die Verwaltungskosten seien zu hoch. Eine Äußerung des Steuerberaters zu allem: Man könne sich auch kaputt organisieren. Basta! Bei Erhalt von Gehaltsstreifen zerrissen manche diese. Mit der Äußerung: Dies ist keine Buchhaltung, sondern eine „Suchhaltung". Ihm zeigte es, mit welchen Aggressionen die Mitarbeiter belastet waren. Kurz davor standen, vor einen Ausbruch? Zorn in Wut umzuwandeln. Krankmeldungen häuften sich.

Im Prozess wurde aufgeführt, dass die bereits von ihm übernommene Buchhaltung nicht ordnungsgemäß weiter geführt wurde. Mit vielen Unstimmigkeiten? Die bereits in den zwei vorangegangenen Jahren hätten bereinigt werden müssen. Aus Buchungssätze, die von externen Mitarbeitern falsch vorgegeben waren, lagen beanstandet der Geschäftsleitung vor.

Wenn nun Beratende von Wirtschaftskriminalität sprachen, dann kamen diese aus dem Tal der Ahnungslosen. Und Verknotet in weiterführender Zusammenarbeite mit Herrn Mutschie. Was anzunehmen war. Ein Desaster war und blieb es!

„Ich werde es aushalten! Die Zeit, die mir bleibt, in dieser Firma werde ich als ein negatives Lehrstück mitnehmen. Auf jeden Fall eine Erfahrung, die kein Studium mir geben kann. Diese wolle er in klare Gedanken fassen und niederschreiben."

Doch wie von Depressionen erfasst, der sich dem Wert des Lebens untergeordnet hatte: schien es ihm jetzt ausweglos! Er fasst den Verschluss des Fensters und öffnet beide Flügel. Vor ihm eine zweifelhafte Freiheit, in der er schaut. Seinen Leumund selbst infrage gestellt. Von hier nach dort, welche Chancen hat er noch? Den Stress wolle er abschütteln. Alles im Ungleichgewicht, ohne Gefühle. Seine Gedanken: nur fort von diesem Ort.

Wie auch: Mach Schluss!

Sein Kopf will ihm Einhalt gebieten. Doch von der Furcht gepeinigt, dem Tratsch und den Verleumdungen ausgesetzt, will er in Panik handeln.

Er schreit, nimmt mit Schwung die Füße hoch und steht im Fensterrahmen. Mit der rechten Hand greift er den Mittelholm. Was immer wahr, er war sich sicher: Kein Halt gab ihm der momentane Lebensrythmus.

Sekunden löste er die Hände, doch sein Kopf gebot ihn: Halte ein! Dem Unglauben wolle er doch entrinnen! Dass er nicht sprang, verdankt er dem Krampf in der Hand, die sich nicht lösen wollte. Dabei dreht er sich um, sein Oberkörper mit und im Übergewicht fällt er nach hinten. Hart schlägt er auf. Bleibt liegen in einer Umarmung seiner beider Hände, aus der er sich nicht lösen kann.

„Tausend Granaten!" Beim Fall riss er das neben dem Fenster stehende Regal um, in dem Kästen mit Kontoauszügen standen, die nun im aufkommenden

Durchzug durchs Zimmer flattern. Ein Teil davon. In dieser Kammer dutzende Ordner und Schriften, zusammengebundene, Buchhaltungskonten gebündelt. Sinnlos gestapelt. Ein Vermächtnis aus einem Jahrzehnt zurück, wahllos deponiert. Von denen er zweifelte, dies der Aufbewahrungspflicht entsprach. Er flüchtete in diesen Raum, weg von den oberen Räumen, in denen die Mitarbeiter, über Listen gebeugt, der Wirklichkeit beim Prüfen, Handtieren, mit in sich widersprechenden Zahlen der Arbeitszeit einen Sinn gaben. Unklar wohl ohne sich zu äußern.

Immer mehr wurde ihm klar, hier gab es kein geordnetes Bewusstsein. Ohnmächtig stand er einer anderen Einstellung gegenüber.

„Muss ich das aushalten?“ Er springt auf und schaut zum Fenster hinaus. Zum ersten Mal wieder sieht er einen Horizont vor sich, keine kahlen Wände. Alte Gemäuer zwar versperren ihm die Sicht. Eine sichtbare Ferne am Horizont wolle er sehen, in einem bewussten Leben über endlose Wiesen, an Felder vorbei durch Wälder und Orte gehen. Sich allen Gewohnheiten widersetzen.

Hier, in diesen Räumen ergeht es Menschen, die sich dem Zwang eine Abhängigkeit nicht widersetzen. Stumm faltet er die Hände und geht mit seinen Träumen lebendiger als bisher zur Tür und hinaus. Kein Zurückschauen, beharrlich festen Schrittes weiter, ohne sich nochmal umzudrehen.

Er hat sich entschieden. Er für sich!

Nicht mehr in Rufweite sein, dass ihn jemand aufhalten könnte. Und das in eigener Vorteilsnahmen!

Letztlich zum Schluss noch dazu sei gesagt: „Er war ‚hart‘ und er habe sich beim Personal durchgesetzt, fachlich und charakterlich vollkommen in Ordnung sei er. Zu empfehlen."

Worte des Geschäftsführers nach Auskunftsersuchen, seinem neuen Arbeitgeber gegenüber, sollen so geäußert worden sein. Bei einem Versuch vielleicht, Schuld von sich selbst zu nehmen. Schuld und Sühne gleich.

Dem im Schwall rührender Dankesworte?

Aus dem, was war, gewesen und sein hätte können, sich vielleicht doch mal zu begegnen? In Wahrheit zur Befriedigung, je tiefer lebensbestimmend die Zukunft war. Ein Amüsement auf jeden Fall nicht.

In diesem Moment lag schon die Geschichte hinter ihm ohne Demut und Scham. Mit einem gesunden Menschenverstand ging er einer neuen Aufgabe entgegen.

„Achtung Baustelle" leuchtete das amtliche hell erleuchte Schild vor ihm auf.

Er rümpft die Nase, entfernt bereits an einem neuen Ziel angekommen. Still und unauffällig – arbeitsam fleißig. Dankbar! Quicklebendig und wieder fröhlich, diesmal sich um niemanden scheren zu müssen.